ALEXIA:

¡Los planes de esta niña responsable, curiosa y un poco mandona sacan de muchos líos a Los Atrevidos!

TASI:

El hermano pequeño de Alexia es travieso y divertido, y siempre sabe sacar una sonrisa a los demás, ¡incluso en los momentos más difíciles!

FLORESTÁN:

Por las noches, el genial entrenador de emociones llega en su barco y pone a prueba a los niños. ¡Atrévete tú también a ser un campeón en las Olimpiadas de las Emociones!

ROCKY:

Cariñoso, leal y un poco gruñón, el mejor amigo de Tasi habla humano por las noches. Y a veces se mete en unos líos…

El Taller de Emociones presenta

LOS ATREVIDOS

EL CONCURSO DE LAS IDEAS GENIALES

Elsa Punset

Ilustraciones de Rocio Bonilla

Tasi y Rocky estaban sentados en el suelo y miraban con atención una enorme cosa redonda.
–¿Qué es? –preguntó Alexia, que entraba por la puerta de la habitación.

—No lo sé… —contestó Tasi acariciándolo—. **¡Pero es superchulo!**

—¿No es el viejo reloj de la cocina? —preguntó Alexia—. ¿El que estaba en el garaje, el que está roto?

—Qué va, ya no es un reloj, es otra cosa —protestó Tasi—. Lo que pasa es que tengo que descubrir qué es.

—Ya te lo digo yo: es un viejo reloj roto —dijo Alexia—. No sirve para nada.

Tasi la miró. Alexia estaba muy seria.

—¿Qué te pasa? ¿Por qué me muerdes? ¿Has sacado una mala nota, te has manchado la camisa con tomate o qué?

—Ojalá —suspiró Alexia—. **Estoy preocupada porque no se me ocurre nada** para el **Concurso de las Ideas Geniales** de este año...

—¡Claro! —exclamó Tasi riendo—. **¡Lo que tú haces bien es mandar, no inventar!** Los buenos en inventar somos nosotros. —Y Rocky asintió con un ladrido y agitando la cola con fuerza.

Alexia los miró con cara de pocos amigos...

—Tranquila, Alex, que nosotros te *aduyamos* —aseguró Tasi—. ¡Rocky y yo te vamos a dar montones de ideas geniales para el concurso! ¿Qué necesitas?

—¡No creo que se te ocurra nada ahora, antes de ir a dormir! —dijo Alex.

—¿Cómo que no? ¡Ya verás! ¡Mi cabeza está llena de inventos! ¿Sabes lo bien que sabía colgarme una cuchara de la nariz? ¡Pues ahora sé colgarme tres cucharas! ¡Y Ramón, que está en mi clase, se sabe colgar cinco! Y me está enseñando a mover las orejas, ¡mira! Y también he aprendido a hacer esto, mira, mira —le decía a su hermana mientras se daba golpecitos encima de la cabeza con una mano, y con la otra hacía redondeles sobre su tripa. Y escucha esto—: **Tes tistes tigres tagan tigo** en un **tigal...** —intentó decir—. Vaya, no me ha salido, espera, lo intento de nuevo…

Rocky intentó ayudar ladrando…

–Es **«Tres tristes tigres tragan trigo en un trigal...»** –dijo Alexia, que se estaba poniendo el pijama...

–¿Y decir el alfabeto del revés? –siguió enumerando Tasi–. ¿Y aprender a ladrar? **¿Y hablar perro?** ¿Y atarse la mano a la cintura con un pañuelo, y luego intentar vestirse o lavarse los dientes? **¿Y silbar**

enterita la canción de cumpleaños feliz? ¿Y hacer unos castillos enormes con cartas? **¿Y agarrar cosas con los dedos de los pies?** ¡Mira cómo recojo todos estos lápices! ¿No te parece que son ideas geniales? **¿Y hacer pedetes con los sobacos?** Mira, te pones la mano así, debajo, con el pulgar hacia el

hombro… así… y ahora mueves el brazo muy deprisa hacia arriba y hacia abajo… ¡Así! ¡Es superdivertido! **¿Y chuparte el codo?** ¿A que tú no puedes?

Hubo un momento de silencio mientras Alex, Tasi y Rocky intentaban chuparse los codos. Luego Rocky quiso dar más ideas geniales y empezó a correr por la habitación enloquecido.

–**Dice que podríamos cazar conejos** –explicó Tasi, mirándole con orgullo.

–**¡No, no, no, no, no!** –protestó Alexia–. ¡Eso son planes de perros y cosas para hacer reír!

Para el **Concurso de las Ideas Geniales** necesito planes de humanos, ¡invenciones útiles que les sirvan a los niños de clase!

—Mmmm... ¿Y un chicle gigante para hacer globos enormes y que revienten PLAAAAM y se asuste mucho la seño? —Rocky y Tasi se reían con ganas.

—Menuda *aduya*, me voy a la cama —suspiró Alexia. Y apagó la luz.

En ese momento, a Tasi se le ocurrió otra «idea genial»…

—**¡Mirad!** —gritó corriendo hacia el baño oscuro con su linterna en la mano—. **Si pones la linterna debajo de la barbilla y la mueves así... ¡te permite poner caras terroríficas!** ¡ARRRRGHHHHH!

—**Chicos, vamos a dormir...** —insistió Alexia bostezando.

Dicho y hecho, todos se quedaron fritos y dormiditos en sus camas… Pero, al cabo de un rato, Alexia se despertó. Al principio, creyó que era por culpa de Rocky, que estaba soñando y soltaba pequeños ladridos alegres… Oyó como Rocky decía: **«Mmm... ¡Mercado!... Mmmmmm, ¡qué rico!... Mmm... ¡Voy a poner una tienda enorme!... Mmmmm... ¡Hablaré con mis primos los perros de otros países y exploraremos juntos!».** Y luego, para colmo, escuchó golpecitos muy molestos que la despertaron del todo: ¡TOC, TOC, TOC!

–¡CALLA YA, ROCKY! –refunfuñó Alexia exasperada y muy dormida–. **¡Deja de hacer ruido y de decir tonterías!**

Rocky se quedó muy quieto… ¡Pero los golpecitos siguieron sonando! Alexia se sobresaltó. ¡Venían de la ventana! ¡Alguien quería entrar en la habitación! ¡Claro!

–**¡Flo, has venido a ayudarme!** –exclamó contentísima mientras le abría la ventana a Florestán, su guía de las emociones.

–**¡Pues claro, Alexia!** –contestó la gaviota sabia aterrizando en la habitación de un salto–. **¡Despertad todos, Atrevidos!** –ordenó batiendo las alas–. ¡Vais a pasar una nueva prueba en las Olimpiadas de las Emociones! Tenemos mucho que hacer y descubrir esta noche, pero ya sabéis que hay que estar de vuelta en casa antes del amanecer… ¡Así que no hay tiempo que perder!

–¡A de Alexia! –exclamó la niña mientras sacudía a su hermano para despertarle.

–¡T de Tasi! –añadió su hermano medio dormido.

–R de Rocky –ladró el perro que, como cada noche de aventuras, ya sabía hablar humano…

—¡Somos Los Atrevidos! —exclamaron todos a la vez, saludando a su guía de las emociones. **¡Estamos listos para la aventura!**

—Venid conmigo, ¡rápido! Tenemos que ir a explorar mundos nuevos...

En segundos, ya estaban en la cubierta del Barco de las Emociones.

—Bien —dijo Florestán, mientras repasaba unas notas en su tablet—. Parece que la prueba de esta noche solo depende de vosotros mismos...

—**¿Qué quieres decir?** —preguntó Alexia.

–Que tú tienes que ayudar a tus compañeros a descubrir lo que todos llevan dentro... Su capacidad de imaginar, de inventar y crear…, ¿verdad? ¿No es eso lo que te pide la profe que hagas para el **Concurso de las Ideas Geniales**? ¡Tienes que ayudarles a inventar! ¡Y, para eso, tienes que descubrir a la inventora que llevas dentro!

–**Sí, pero lo he probado y a mí no me salen ideas geniales…** –dijo Alexia con cara de pena…

–**Se queda callada como una merluza** –explicó Tasi.

–Pero qué dices, si las merluzas hablan merluzo –advirtió Rocky.

–Ay, calla, pesado –le dijo Alexia.

–Tranquilos, que esta noche... ¡vamos a lanzar ideas!

–**Yo creo que necesitamos cosas que nos ayuden a inventar...** –dijo Alexia.

–**¿Como qué?** –preguntó Florestán.

–Como microscopios, telescopios, ordenadores gigantes… –dijo Tasi.

–**No, no, no, no, eso no** –protestó Alexia. **Lo que necesitamos son tijeras, purpurina, cartones, pegamento...**

Florestán se quedó pensando un momento, mientras se acariciaba las plumas de la cabeza...

–Bueno, por qué no... –murmuró. Y dio unas palmadas y unos extraños graznidos que alertaron a las demás gaviotas, que empezaron a volar en círculos alrededor del barco. Entonces sonó la sirena que indicaba que habían llegado al lugar de aventura...

–¿Dónde estamos, Florestán? –preguntó Alexia, muy excitada–. ¿En nuevos mundos llenos de imaginación?

–Bajad por la escalerilla del barco, y ahora veréis... –dijo Florestán con una sonrisa.

Bajaron, ¡y se encontraron un lugar muy conocido!

–¿Eeeeeeh? ¿Pero qué haces? ¡Si esto es el colegio! –exclamaron Los Atrevidos muy sorprendidos–. ¡El cole no son mundos nuevos! ¡Es la clase de siempre!

–¿No querías papel, tijeras y purpurina para el Concurso de las Ideas Geniales? Pues allí tienes el aula de Plástica. ¡Elegid lo que os haga falta!

Encendieron la luz… Y, en aquel momento, de unas cajas grandes que había al fondo, ¡salieron volando enormes sombras con un chillido!

–¡Las sombras chinchantes! ¡Han vuelto para chincharnos y fastidiar la prueba de esta noche! –gritó nerviosa Alexia.

Mientras Los Atrevidos corrían hacia las cajas, las sombras se precipitaron hacia el interruptor y apagaron de nuevo la luz. ¡Quedó todo oscuro! Se escucharon ruidos de cosas que se arrastraban, que volaban por los aires, exclamaciones y gritos de las sombras y de Los Atrevidos…

Entonces se oyó la voz de Florestán por encima de aquel lío:

–¡Basta de gritos y de enfados! Conocemos bien a estas sombras, ya os habéis enfrentado a ellas en otras aventuras… ¡y sabéis que no podéis ganarlas ni con gritos ni con miedo! Lo aprendisteis en la prueba de la ira, en el **Museo de Ciencias**, cuando las sombras chinchantes os robaron el hueso del dinosaurio…

–¡Sí, es verdad, y para calmarnos y pensar bien, hicimos el semáforo! –recordó Tasi excitado–. Es así: cuando estás enfadado, te imaginas un semáforo en la cabeza y, **si está en rojo, ¡cuidado! ¡Para! ¡No digas ni hagas nada! Espera siempre**

a que tu semáforo esté primero en naranja... y luego en verde... ¡Así sí que se puede pensar bien!

–¡Claro! ¡Ya me acuerdo! –exclamó Alexia–. ¡Las sombras chinchantes solo desaparecen con luz y risas, dos cosas que no soportan! ¡Ayudadme a encontrar el interruptor!

Tasi, Rocky y Alexia buscaron el interruptor y encendieron de nuevo la luz. Por fin, ¡las sombras ya no estaban! Los Atrevidos corrieron hacia las cajas…

–¡Qué desastre! ¡Han desaparecido casi todas las cosas que había aquí! –exclamó Alex, mirando dentro de las cajas. Y era verdad: solo quedaban tres grandes cajas, unos rotuladores y unas tijeras. ¡Las sombras se lo habían llevado todo!

–¡Ahora no podremos hacer nada! –murmuró Alex, muy preocupada.

–¡Quién dice que no podemos hacer nada! ¡Mira qué divertido!

Rocky se metió en una caja, y Tasi empezó a arrastrarla y sacudirla como si fuera una lavadora. ¡Los dos se reían a carcajadas!

Florestán intervino…

—Muy bien, chicos, esto es muy divertido, pero tenemos que superar la prueba de los inventores antes del amanecer… Así que atentos, que ahora vamos a empezar a hacer cosas útiles con estas cajas, ¡no solo pasárnoslo bien!

—¡Pero si las sombras chinchantes se han llevado todas las cosas útiles! Con lo que queda aquí no se puede hacer nada –repitió Alexia.

—¿Seguro? –dijo Florestán–. ¿No se puede hacer nada?

Mmmmm... Bueno, pues entonces, ¡a grandes males, grandes remedios! Y la gaviota rebuscó en su mochila mientras murmuraba:

–No, no... esto no... bueno, tal vez serviría... pero mejor... a ver... ¡Ah!... Sí, aquí está... –exclamó mostrando a todos un pequeño frasco rojo y brillante.

–¿Qué es, qué es? –preguntaron los niños muy curiosos–. ¿Es una chuche mágica? ¿Una vitamina supersónica?

Florestán los observó con atención con una media sonrisa...

–No, no, no... ¡Son polvos mágicos para la imaginación! Cerrad los ojos mientras os los espolvoreo, y sentid cómo se os llena la cabeza de ideas geniales...

Los Atrevidos cerraron los ojos mientras Florestán recitaba solemne:

CHINCHA RABINCHA, COLA DE TRINCHA...
ALARACA, ALARACA, COLA DE VACA...
¡QUEDÁIS CONVERTIDOS POR ARTE DE MAGIA
EN INVENTORES GENIALES!

Se hizo un silencio… Los Atrevidos abrieron los ojos. Alexia se tocó la cabeza con cuidado, Tasi tosió y abrió la boca mucho, y Rocky dijo…

—Me siento raro... A ver si me voy a convertir en unicornio... o gato...

—Que cada uno tome una caja, unas tijeras y unos rotuladores —ordenó Florestán—. Marchaos a un aula distinta, iy dejad volar vuestra imaginación! Para ello, basta con pensar que sois magos y que podéis hacer cualquier cosa con cualquier objeto, como esta caja. iEn una hora nos encontraremos aquí, con vuestros inventos y vuestras ideas geniales!

Sin saber muy bien qué iban a hacer, Los Atrevidos salieron agarrando o empujando, en el caso de Rocky, las cajas.

Pasó la hora, mucho más rápida de lo que ninguno había imaginado… Estaban tan entretenidos ¡que parecía que no habían ni empezado a trabajar en su invención!

–¡Venid aquí! –llamó en voz alta Florestán desde el aula de Plástica. Y de pronto, excitados, a cada uno le tocó presentar su invención…

TASI
EL INVENTOR

INVENTO:
UN ESTRELLÓDROMO

¿Por qué lo he inventado?
Porque soy un estrellauta. Están los astronautas, y los estrellautas, que vamos a las estrellas. Los fines de semana por las noches, después de cenar, me subo a la rama gorda del manzano y miro las estrellas. ¡Me lo paso genial!

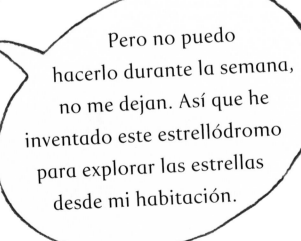

Pero no puedo hacerlo durante la semana, no me dejan. Así que he inventado este estrellódromo para explorar las estrellas desde mi habitación.

ALEX
LA INVENTORA

INVENTO:
UN SUBEPISOS

¡Uuffff!
Es muuuuuy difícil inventar
una sola cosa. Con estos polvos,
se me ha llenado la
cabeza de ideas.

Pero aquí está.

¡Un gran invento!
¡Un subepisos!
–¿Un qué? –dice Rocky–.
¿Un sube qué?
–Un subepisos para llegar a casa
de nuestros amigos
en un abrir y cerrar de ojos,
y sin esfuerzo.

ROCKY EL INVENTOR

INVENTO:
EL PERROPARQUE

¿Por qué lo he inventado?
Porque me **ENCANTA** pasear,
pero a veces no me dejan hacerlo todo
el tiempo que me apetece,
porque llueve y le da pereza a Tasi,
o bien hace mucho frío y me
congelo las patas…

Así que he inventado un
superparque móvil, lleno de
obstáculos y de cosas nuevas para
olfatear, **que puedo guardar debajo
de la cama de Tasi** y usar cuando
me apetece en mi habitación.

Cuando Los Atrevidos terminaron de presentar sus inventos, Florestán, que había escuchado con mucha atención, tosió para aclararse la voz… una vez, y dos, y tres… Y al final exclamó:

—¡UAU! ¡Qué bien lo habéis hecho!

Entonces Rocky preguntó:

—**¿En serio ha sido por los polvos mágicos esos?**

A Florestán se le escapó la risa…

–¡Qué va, hombre, quiero decir, perro! No necesitáis ninguna magia…, los polvos eran de broma. ¡La capacidad de inventar la tenéis todos dentro! Chicos, empezamos la noche con una prueba muy clara: ¡descubrir y celebrar el inventor que todos lleváis dentro! No todos estabais seguros de que sabríais hacerlo, y hemos tenido quejas, miedos… Es normal porque, aunque todo el mundo tiene poderes de inventor, no siempre confiamos en nosotros mismos… Pero debo deciros una sola cosa, muy clara: ¡LO HABÉIS HECHO GENIAL! ¡Enhorabuena! ¡Todos habéis pasado la prueba! ¡SOIS UNOS MAGNÍFICOS INVENTORES!

¡Cuántas risas y gritos de alegría hubo esa noche! ¿Y sabéis cómo celebraron Los Atrevidos el final de aquella divertidísima prueba? Dieron una vuelta por el perroparque que había inventado Rocky, después usaron el subepisos de Alex y fueron juntos a contemplar las estrellas con el increíble estrellódromo de Tasi.

ATREVIDOS,
SEGUID INVENTANDO,
¡ES TAN DIVERTIDO!

¿Qué es la creatividad? La creatividad es nuestra capacidad innata para generar asociaciones, ideas o conceptos que producen soluciones originales y valiosas.

En la etapa infantil, la creatividad se expresa sobre todo a través de los sentimientos y las necesidades, que son libremente expresados. Cuando juegan a «Si yo fuera…», los niños encuentran un espacio seguro en el que pueden ensayar y experimentar distintos escenarios, retos, sentimientos, problemas…

¿Todos somos creativos? ¡Desde luego! Todos los niños y niñas nacen con ganas de explorar el mundo, con un instinto natural para encontrar soluciones a los retos y problemas, y sin inseguridades ni complejos acerca de sus capacidades creativas. Pero, con nuestras incertidumbres e interferencias, podemos incitarles a dudar y debilitar así su capacidad creativa.

¿Por qué se habla tanto hoy en día de la importancia de la creatividad? Nuestros hijos han nacido en un momento histórico que invita a todo el mundo a ser cada vez más creativo gracias a los recursos tecnológicos que tenemos para investigar, elegir, crear y producir, cada vez con más facilidad y a menor coste. Además, la automatización de muchos trabajos industriales invita a las nuevas generaciones a desarrollar y a aplicar sus habilidades creativas.

¿No les estamos agobiando con tantas demandas creativas? ¿Es malo que se aburran? Efectivamente, los recursos electrónicos y las agendas tan repletas de actividades extraescolares pueden generar entornos donde ya no tienen tiempo de aburrirse. ¿Por qué es eso preocupante? Porque el exceso de tiempo frente a la pantalla puede generar problemas de atención o ansiedad. Y porque una vida llena de distracciones no es necesariamente una vida rica en lo emocional y lo creativo.

El aburrimiento puede ser un sentimiento incómodo, pero, precisamente por eso, genera ganas de hacer, de curiosear y de descubrir, es decir, de activar la creatividad.

Una forma de fomentar la creatividad es a través del juego desestructurado, un juego libre de distracciones electrónicas, indicaciones y juicios adultos, que invita a jugar de forma imaginativa, a aprender con las manos en la masa, ejerciendo su capacidad para el pensamiento crítico, la resolución de problemas y la expresión creativa.

Decía Pablo Picasso que «todos los niños nacen artistas». El problema es mantenerlos así hasta que crezcan. ¡Veamos algunas formas prácticas de conseguirlo!

Para ayudar a tus hijos a gestionar el aburrimiento y a desarrollar su creatividad...

1. Asegúrate de que hay muchos tipos de juego en su vida. Tiempo para el juego electrónico, para jugar en equipo, para jugar con los padres, para el juego desestructurado... Todos son importantes ¡porque ellos aprenden jugando desde muchas perspectivas!

2. Deja tiempo para el juego desestructurado. Si la familia tiene un horario muy intenso y programado, podemos hacer el esfuerzo de reservar cada día un tiempo tranquilo y específico para este tipo de juego.

3. Varía el entorno para que tenga alternativas y descubra nuevos materiales y posibilidades creativas. En su rincón de juego podemos ir rotando los recursos que le puedan inspirar, como papeles, rotuladores, tizas, disfraces, juegos diversos…

4. Evita los 8 obstáculos más corrientes de la creatividad: creer que no eres creativo; tener prejuicios y hacer demasiadas suposiciones; ser excesivamente serio; evitar los riesgos o las equivocaciones, o creer que son malas; no salirte de tu zona de confort; encerrarte en tus rutinas y hábitos; creer que solo hay una solución; y juzgar demasiado rápido.

CAJA DE ESTRATEGIAS

1. Recetas creativas. ¡La creatividad puede invadirlo todo! En los contextos más cotidianos, unas tortitas pueden convertirse en caras divertidas o un plato de verduras puede transformarse en un bosque encantado.

2. Jugar con palabras. Desarrollaréis el pensamiento creativo porque estos juegos invitan a hacer asociaciones entre elementos diferentes. Por ejemplo, podéis apuntar 4 o 5 palabras que estén relacionadas entre sí. El objetivo es buscar cuál es la que conecta con las demás.

3. Dibujar con imaginación. El adulto dice: «Dibujad un garabato». Y entonces pregunta: «¿Qué es?». Con ese garabato, intentaremos dibujar ahora algo más complejo.

4. Hacer una máquina viviente. Nos convertiremos en piezas vivas de una máquina (por ejemplo, una segadora), haciendo los sonidos y formas correspondientes. ¡Pedid a alguien que «empuje» la máquina mientras los demás hacen los sonidos característicos!

5. Una historia colectiva. Alguien empieza una historia y el resto del grupo la termina por turnos equitativos.

6. Teatrillo creativo. Encanta a niños y niñas, y les ayuda expresarse a través de personajes imaginarios. Podéis apuntar algunas posibles escenas en unos papelitos, elegir un papel al azar y crear el teatrillo con los medios de los que dispongáis.

7. «Ponerme en la piel de otra persona». Este juego ayuda a ver diferentes perspectivas. Podéis anotar distintos personajes, imaginarios –un copo de nieve, un hada, un gigante…– y también reales, de la familia, por ejemplo, en sendos papelitos. De uno en uno, escogemos un papel al azar y jugamos a ser ese personaje durante el tiempo que se quiera.

8. «¿Quién soy?». Sin hablar, alguien imita algún objeto o personaje, y los demás deben descubrir quién o qué es…

9. El juego de las preguntas abiertas. Son preguntas que invitan a contestar con algo más que con sí o no. Podemos partir de una ilustración e ir haciendo preguntas para descubrir quiénes son los personajes, qué hacen, qué dicen, qué pasaría si…

10. Usamos los sentidos. El niño o la niña cierra los ojos y le ponemos objetos de distintas texturas en las manos. «¿Qué es?». Le pedimos que use todos sus sentidos para adivinarlo.

11. ¿Qué pasaría si…? ¿… todos los árboles fuesen azules? ¿… no hubiese coches? ¿… todos se vistiesen con la misma ropa? ¿… nadie limpiase las casas?

12. Otros juegos creativos para jugar en familia o en el aula:

- Un paseo del revés: para ver nuestro barrio con nuevos ojos, nos paseamos preguntándonos cómo ven las cosas los demás habitantes del barrio, humanos y no humanos. ¿Qué piensa un perro que pasa por allí? ¿Y ese señor mayor? ¿Y el cartero?

- El conciertazo: sacamos nuestras sartenes y ollas, y con cucharas y cucharones organizamos un concierto a su gusto. ¡Bailamos y tocamos sin juzgar a nadie!

- Un nuevo final: contamos nuestros cuentos preferidos, ¡pero nuestro hijo o hija inventa un nuevo final!

- Un concurso extraño: hacemos un concurso en el que ganará el dibujo más extraño, el baile más raro, el poema más curioso…

- Una canción superlista: inventamos una canción que resuma lo que estamos aprendiendo en casa o en clase.

- La sopa loca: dejamos que nuestro hijo o hija vaya eligiendo distintos «ingredientes» de la casa. Fomentad que los objetos cotidianos se usen de formas diferentes y creativas. ¿A quién invitamos al banquete?

HAZLO TÚ MISMO

Como Los Atrevidos, las niñas y los niños disfrutarán, en casa o en el aula, con un proyecto creativo que requiera mucha imaginación y pocos medios. Con una caja de cartón y los elementos que encuentren en casa, pedidles que fabriquen algo que les parezca que vendría bien tener… ¡Y dejad que vuele su imaginación!

¿Sabías que...?

Uno de los mayores expertos en creatividad, Ken Robinson, cuenta que todos nacemos creativos, pero que la creatividad se potencia o se inhibe en buena parte a lo largo de la infancia. Para ilustrarlo cita un estudio en el que se mide el pensamiento divergente de un grupo de niños y niñas en edad infantil. El pensamiento divergente es la capacidad de encontrar muchas respuestas a una sola pregunta, por ejemplo, ¿qué puedo hacer con un clip? Si puedes dar en torno a doscientas respuestas a esta pregunta, enhorabuena, ¡eres un genio en pensamiento divergente! En esa etapa infantil, ¡el 98% de los niños y niñas son genios en pensamiento divergente! Sin embargo, cuando volvemos a plantear esta pregunta al mismo grupo cinco años más tarde, ya solo la mitad es un genio en pensamiento divergente. Y la tasa sigue cayendo a medida que pasan los años… ¿Moraleja? Para bien y para mal, el cerebro descarta aquello que no utiliza, incluyendo nuestra capacidad para encontrar múltiples respuestas a nuestras preguntas.

Papel certificado por el Forest Stewardship Council®

Primera edición: noviembre de 2017

© 2017, Elsa Punset, por el texto
© 2017, Rocio Bonilla, por las ilustraciones
© 2017, Penguin Random House Grupo Editorial, S.A.U.
Travessera de Gràcia, 47–49. 08021 Barcelona
Diseño y maquetación: Araceli Ramos

Printed in Spain – Impreso en España

ISBN: 978-84-488-4785-2
Depósito legal: B-17144-2017

Impreso en Tallers Gràfics Soler
Esplugues de Llobregat (Barcelona)

BE 47852

Penguin
Random House
Grupo Editorial